오래 기다려도 레몬은 달콤해지지 않고

시작시인선 0519 오래 기다려도 레몬은 달콤해지지 않고

1판 1쇄 펴낸날 2024년 12월 6일
지은이 강영란
펴낸이 이재무
기획위원 김춘식, 유성호, 이형권, 임지연, 차성환, 홍용희
책임편집 박예솔
편집디자인 민성돈, 김지웅, 정영아
펴낸곳 (주)천년의시작
등록번호 제301-2012-033호
등록일자 2006년 1월 10일
주소 (03132) 서울시 종로구 삼일대로32길 36 운현신화타워 502호
전화 02-723-8668
팩스 02-723-8630
블로그 blog.naver.com/poemsijak
이메일 poemsijak@hanmail.net

ⓒ강영란, 2024, printed in Seoul, Korea

ISBN 978-89-6021-793-5 04810
       978-89-6021-069-1 04810(세트)

값 11,000원

오래 기다려도 레몬은 달콤해지지 않고

강영란

천년의
시작

별거 아닌 걸 별거로 만드는 게 시인이다
나는 햇볕이 조금 필요하다

차 례

시인의 말

제1부

제3부

제1부

낮전 썩 낮전 썩*

어디 좀 갔어도
낮전 썩 낮전 썩만이라도
와 달라고

낮전 썩
낮전 썩

천천히 모여 하루가 고이는
오다가 잠깐 안 보이는
낮달 같은 그대

기다리는 반나절 언저리
아프다 말다 한다

* 낮전 썩 낮전 썩: 어머니가 제주어로 말하는 반나절로 낮전과 낮전이
  모여 하루가 된다.

구두미포구

자목련 같은 밤이 든다

자리를 뜨고 왔으리라*

포구 안에 매어진 배들이
파도가 들 때마다
흉곽 속 심장이듯 오르내렸다

어언於焉

그가 스며든 시간을 그리 부른다
이름을 다 외우지 못한 별자리들이 포구에 뜬다

사랑이란 내 눈 속에 그가 뜨는 별

물의 저녁
섶섬 앞 찻집에 앉아 대화를 나누는
사람들을 섬은 가만히 바라본다

낮고 즐거운 찻잔 부딪는 소리

＊

여러 개의 작은 종이 울리는 소리

페튜니아
은엽시네라리아 꽃이 바닷바람에 흔들리면
눈동자가 따라서 흔들렸다

천장에 매달린 필라멘트 불빛이
성탄을 앞둔 하루 같다
어디선가 레몬 향 날 듯하다

이제 그만 기다려야겠다

섬섬이 어둠에 다 젖었다

＊ 자리를 뜨고 왔으리라: 자리돔 잡는 것을 '자리 뜬다' 혹은 '자리거린
다' 라고 표현한다. 구두미포구가 있는 보목리는 자리 축제가 열리는
마을이다

15

돌토끼고사리

남제주군 어디 바닷가 돌 틈에 고사리는 자라네

남제주군의 파도 소리는 돌토끼고사리를
품에 안고 재우며 자잘한 포자낭군胞子囊群을 키우네

남제주군은 어디일까 촉지도를 펴고 천천히 더듬다 보면
  송이송이 도돌한 마을들이 해안에 널려진 조약돌로 구
르는데
  그게 또 작은 비늘 조각 같은 돌토끼고사리를 떠올리네

  이건 속명이 희랍어의 작은(micro)과 비늘 조각(lepis)이
합쳐진 말이래
  해안가 귀퉁이에 앉아 돌토끼고사리 잎사귀 조심히 만져
주며 가르쳐 주던
  그 손길의 기억을 나는 옛날에 옛날에 가져서

  바위틈에 숨어 비늘 조각만큼 보이는 초록 토끼 귀를 본
듯도 하고
  돌과 토끼와 고사리를 따로따로 본 듯도 한데

>

남제주군은 어디서부터 어디까지일까

  아무리 만져 봐도 읽을 줄 모르는 촉지도는 손끝에서 조약
돌로 구르는데

  막소금 같이 흩어진 마을들

  사랑한다 그래서, 그러나 사랑한다 안 보이는 음절에 기대어
  느닷없이 뭉클해지는 남제주군의 저녁이 오면
  돌토끼고사리는 다 먹고 내다 버린 빈 소라의 뿔로 돋아
  툰드라의 순록들처럼 제멋대로 자란 뿔의 귀를 가져 볼지
도 몰라

  그러려고 달 돋는 밤이면 저 검은 돌 틈으로 돌토끼고사리
는 숨어들어 가는데
  포자 씨앗을 품은 남제주군의 바닷가 돌들은 자꾸 포자낭군
이 되어 가는데

서귀포 물썹

서쪽 바다 보러 가던 길이었다

우리가 몰래 쌓아 올린 돌멩이들처럼
해변에 아슬거리는 집 몇 채가
초저녁 불빛에 납작하게 베롱거렸다

오래된 나무를 붙잡고 조심스레 내려오는
보리수 넝쿨 위로 눈길이
거슬러 올라가면 끝내 별이 돋았다

적요한
서귀포 물썹에도 사랑은 피어
레몬 향으로 솟았다

작은 레몬들은 어느 날 노란색을 꺼내
내 손에 쥐여 주었지만
오래 기다려도 레몬은 달콤해지지 않고

문고리에 자주 녹이 슬었다
그 문고리 앞에서 얼마나 많은 한숨을 쉬다 돌아섰는지

>

붉은 녹은 잘 벗겨지지 않았다
자꾸 덧씌워지는 연흔이었다

바다 근처에서 머뭇거리던 당신의 눈가
이제야 나는 그 근처에 도착했다
너무 늦은 도착이라 글썽여지지 않았다

아직이라 생각했는데 결국이 되어 버린
우리는 서로 다른 저물녘을 가졌으니

나는 당신을 이해한다
서귀포 밤바다 먹먹한 파도 소리만큼 당신을 이해한다

서쪽 바다 보러 갔다 돌아오는 길이었다

서귀포 야곡夜曲

그래 사랑만은 돌아오라

봄날 며칠 서귀포 앞바다에
유자꽃 향 흩날리는데
좋아서 서러운 사람아
부를 때마다 너의 이름은
유잣잎 그늘 자리
캄캄해졌다 환해졌다
거기서 거기만 겹쳐지느니

우리 젊었었던 그 많은 다정들은
저녁이라 아름다운 밤바다에
쪼끌락 쪼끌락 새 별로 뜨는데

그러니 사랑만은 돌아오라

내 기다림이 쌓여 붉음에 닿아도
당신은 그 밤에 핀 붉음을
기어코 알지 못하겠지만
당신이라는 시절은 나에게

곱디고운 화양연화

다정도 깊어지면 병이 되어서
이 애절은 캄캄 아득하기만 한데

달 뜬 밤 서귀포 냄새에 이끌려
바다로 향하는 아무 골목이나 내려오다
우두커니 서서 바라보는

서귀포 포구에 불빛은 당유자로 익는다

무릉리

복숭아는 가려워서
분홍은 가려워서

당신이
무릉리라 말을 할 때도
그게 도원桃原과 무슨 상관이라고
저만큼 떨어져 듣는

분홍은 어디를 좀 갔다 와도
데면데면한 색
한참 있다 생각난 듯 돌아봐도
가만히 있는 색
왜 그런지 알지도 못하면서
그래! 괜찮아 나를 위로하는 색

버스 정거장에 앉아
나의 사랑을 까마득히 모르는
분홍은…… 그러니까
이제 지쳐 버린 사랑 같은 무릉리는

>
떠나지도 못하게 하고
떠났다가 다시 돌아오게 하고
돌아와서 옛 분홍을 가려워하게 하는

그 버스 정거장에 앉아
백 년이 지난다 해도
그래! 괜찮아 위로하는
네 옆에 무릉리

서귀포, 새섬을 돌다

까마귀쪽나무 푸른 그늘 근처였다
내가 옆으로 조금 비켜서고
맞은편에서 오던 당신이
조금 비켜서며 옆을 지나갔다

서로 비껴 스쳐 지나는 찰나 발아래
검은빛 열매들이 별자리 모양으로 흩어져 으깨졌다

어느 먼 전생의 기억처럼
섬의 모퉁이를 돌아와
맞은편 모퉁이로 돌아간 당신
섬에도 모퉁이가 있음을 처음 알았다

옛날에 꽃그늘 같았던 사람
서귀포 남쪽 바닷가 포구에서 늙어 가고 있다 했다

그런 비슷한 사람을 봤다는
소문을 믿고 싶어
여기 아니면 더 먼 곳에서라도

\>

걷다가 보면 유자꽃 냄새 나는

서귀포항

물 위에 떠 있는 삶이 푸르거나 노랗게 번져 가는 걸 본다

나의 눈은 조금조금 붉게 번져 간다

허구한 날

한라봉 비닐하우스 문 열고 닫고
열고 닫고
그 사이 어쩌다 꿩이 한 마리 들어와

동가식서가숙
천여 평 휘젓고 다니길 벌써 1년

놀랍게도 꺼병이도 서너 마리
식솔을 늘리고

이제는 꿩이 꿩을 불러들여
하우스 주변이 온통 꿩 소리로 가득하다
안에서 부르면 밖에서 대답하고
밖에서 부르면 안에서 대답하고

문 열어 두고 나가라 해도 안 나가고
문 열어 두고 들어오라 해도 안 들어오고

어쩔거나
창창 넘어가는 이 봄날을

문지방 하나 넘지 못해
서로 목청만 새붉어지니

무슨 부끄러움인지 그리움인지 안타까움인지
송악 넝쿨로 휘감기는 꿩, 꿩 소리들

찔레꽃머리

한밤중에 포근하게 내린다는
"아이 모른 눈"이 쌓이는 날이 있지

고사리 철 지나고 적막해진 자왈밭
어른 모른 꽃이 환한 날도 있는 건지

딸랑딸랑 매리설산을 걷는
당나귀들의 방울 소리로 피는 찔레

너의 먼 곳이 되었으니
그만 잊어 불라
다정한 얼굴이 점점 녹아 버리는

울엉 가곡 울엉 온 질*에
방울 소리 소복하니 목이 다 휘어

꿈결이지
이마에 얹힌 수건을 가만히 눌러 주는 손목

저녁 무렵 어슷한 서러움이 돋는

꽃잎들의 가상이

조금조금 손톱달 흰 가상이

* 울엉 가곡 울엉 온 질: 울면서 가고 울면서 온 길.

아마나스가 보이는 집

우린 조금 걸었어
야트막한 오르막 지나
돌담길 지나
이곳에선 흔하게 볼 수 없는
등꽃 환한 길도 지나
아마나스가 보이는 집
그 집까지

하귤이라 불러도 좋지만
아마나스라고 정확히 불러 주는

올해 피는 꽃과 작년에 맺힌 열매가 함께 달려

따뜻한 바람이 불어오는 지중해 정원에
베롱베롱 켜진 노란 등불 같은 열매
그걸 감싸 쥐면 내 손안에서 반짝거리는 불빛

어떤 반짝임은 향기로 더 기억이 되는지
너의 손끝에서 좋은 냄새가 오래도록 스며 나는

>

냄새는 자주 휘발되고 어디로 갔을까? 너는
기웃대며 그날의 아마나스 한 그루에게로
걸어갔다 걸어오며 봄밤을 소요逍遙하는
어즈버, 어즈버 마음이 살랑거리는

막숙개* 펫돌

서귀포에는 돌도 참 지극한 마음을 가져서
사람을 보호하고 마을을 지켜 내는 일을 하는 거지
막숙 포구에는
물의 폐적**을 몸에 긋는 일로 한 생이 가는

바다 깊이를 어림짐작해 보고
배가 포구로 들어올지 나갈지를 가늠해 볼 때면
마지막 기도 끝 십자성호 긋듯
돌에게 모든 걸 맡기게 되니 돌도 그걸 아는 거여서
저렇게 철벅철벅 젖는 거다

어머니 자리도 늘 그런
비탈밭 굴러온 돌에 찧어 튀어나온 엄지발가락 뼈
헌신도 걸리는 몸의 폐적
먼바다로
먼바다로 밀려가다 범섬쯤에 닿으면
매일을 뜨고 지던 별 하나가
쉬었다 넘어가는 수묵담채빛 저녁

맹심허멍 살아 산다

>
죽어서도 산 사람을 걱정하는
십자성 끝자리

펫돌 하나 놓인다

* 막숙개: 법환포구.
** 폐적: 흔적.

공새미포구

물이 빠진 포구 바닥은
검은 물 옷 한 벌 널어놓은 듯하다

어디서부터 흘러드는 건지 한 귀퉁이에서 단물이 솟는다

배가 바닥에 기우뚱 박혀 있다
포구 주변을 아슬히 걷는 고양이가
창에 매단 편종 소리로 운다

반듯한 가르마 같은 마을 길들
참빗으로 잘 빗은 듯
돌담 끝에 집 한 채 쪽 져 있다

바닷가 쪽으로 큰 창을 낸 집 하나
갯곳이 훤히 보이고
포구에 드나드는 배가 보인다
선체 바닥이
푸른색으로 칠이 되어 있다

이 마을 이 거리 이 골목에서 환히 늙어 간다

그러면 또 어떤가

늙는 게 우리의 일이거늘

조금 늙고 조금 쓸쓸하고 바다만 보다가 지친 산티아고*

가 청새치를 끌고 오면

달려가 마중하는 마놀린**이듯

포구나 좀 돌보면서

길고양이에게 먹이나 좀 주면서

* 산티아고: 헤밍웨이의 『노인과 바다』 주인공.
** 마놀린: 노인의 유일한 친구.

월평포구

산수국색으로 어둠이 온다
포구에 묶인 두어 척 배들이 꽃 속으로 잠겨 든다

산수국은 헛꽃이 핀대

누가 얘기하지 않아도 물 위에 뜬 달은
헛달임을 눈치챘다

너는 자꾸 너울거렸다
심연 깊었다

기억이 아픈 시간
얼마나 많은 산수국이 지고 나야 너울거림이 멈출까

없는 것이 보였다
환시라 했다
없는 것이 들렸다
환청이라 했다

돌아갈 곳이 길들여지지 않는다

마음이 자꾸 차고 기울었다

주상절리
오를 수 없는 단애가 세워진다

여기는
내가 조금 울어도 되는 곳

가만히 왔다 가만히 가는
달, 문이 잠겼다

표선 세화 가는 길

교래리 지나 가시리
순한 귀를 가진 말들이나 보며 간다
산수국 꽃대궁이나 보며 간다

어디를 휘돌아 왔는지 옆을 스쳐 가도 안다
바람에서 바다 냄새가 난다

모자에서 비둘기를 꺼내는 마술사이듯

길은
유채를 꺼내고
억새를 꺼내고
고사리와 행기머체까지 꺼내 보여 주며
발길을 붙든다

가시加時
시간이 쌓인다는 마을

시간이 쌓이면 당신을 볼 수 있을까?
이 시간이 쌓이면 당신을 잊을 수도 있을까?

>
까마귀가 느리게 날아가는
쫄븐 갑마장길로 사라지는 사람
뒷모습이 방금 보이지 않는다

가시리 지나 세화리
푸른 별이 뜨는 곳

삶은 나물
된장
그리고 기도

언쳐냑* 먹은 반찬 또 꺼내 놓은

올래 안에 작은 집
어머니 보러 간다

* 언쳐냑: 어제저녁의 제주어.

서귀포로 여울지다

우리 이제 마지막 말은 서귀포 가서 하자

해안 절벽 아래 누운 백만 년 전 패류 화석 앞에서도 하
지 말고
천지연폭포 건널 수 없는 심연의 물빛 앞에서도 하지 말고
대포 주상절리 뜨거운 돌기둥 앞에서도 하지 말고

송산동 샛골목 낮은 언덕배기 오르다 지칠 때쯤
당신이 슬몃 손을 내밀어 준다면
이 생애 아껴 둔 말은 그 손바닥에 동백꽃으로 적어 주자

별이 돋아 준다면
남극노인성이 돋아 준다면
밤길을 걸어 세 번은 보러 가자

별에 가까이 더 가까이
사람이 별이 되는 순간까지
나의 기적은 모든 당신이 스쳐 간 별자리 흔적이어서
환하게 빛날 수 있었던 것이니

\>

서귀포

다시 돌아간다 해도

손바닥에 동백꽃은 피어날 터이니

당신이 피는 그곳

생의 먼 지점까지

우리 천천히 오래 걷자

설쿰바당

80만 년까지 가지 않겠습니다

갈색, 검은색 모래가 섞여
단단하게 굳은 모래바위
눈이 쌓이는 곳에 움푹움푹 구멍이 뚫리는건
바람 때문이라 합니다

뚫린 바위 구멍을 설쿰[雪穴]이라 하는 건
모래가 눈 같아서 일까요
사르르 사르르 녹아 들어서 일까요

설쿰 구멍 속에 고인 바닷물을 떠다가
간장을 담그기도 합니다

몰약 같은 간장 한 숟가락
눈[雪]속을 걸어나온 저것

80만 년 동안 바람은 저 구멍 하나를 파는 데 골몰했습니다

저는 거기까지 가지 않을 작정입니다

조금 가다가 힘들면 돌아올 작정입니다

아무렴 어떻습니까
바람이 왔다 갔으니 그 흔적이나
기억하면 되겠지요

저는 거기까지 가지 않겠습니다
아니 아직 거기까지 가지 못했습니다

눈이 내려도
바람이 불어도
설쿰 되지 않는 당신 곁

망장포 오각돌

심심深深한 세월을 견디는 돌 한 덩이가 아니다

물 위에 심어진 알뿌리 솟아난 꽃대다
바다 길목이 얕고 암초가 많아
물의 수심을 몸에 새겨 보여 준다

새긴다는 건 그런 거다
그것에 완전해지는 것

너에게 내가 완전해지는 것

수심水深
그날 길목에 깊이를 나는 오래 새겨 넣었다
새겨 넣기만 하면 완전해질 줄 알았던 길목이었다

한 생애가 닫히는 건 파도가 밀려왔다 밀려가듯
잠깐의 일

내가 캄캄한 네 쪽으로 쓰러진다

>
솟아난 꽃대에 꽃이 피면
오각돌 저 바다를 걸어나와 조금 바라보리라
꽃송이가 기운 아득한 길목 저쪽

서귀포, 안덕

안덕이라 했습니다. 당신이 가 있는 곳이
감귤, 마늘, 양파 같은 파릇한 것들에
기대어 살고 있다 했습니다

당신이 거기에 있기에 안덕은
퍽 안심이 되는 이름이 되었습니다

마음이 자꾸 바람에 쓸리는 날은
계곡물 따라가며 돌멩이 보고
계곡물 따라와서 돌멩이 보고

하루가 평생 같은 그곳에서
지상은 참 적막하니
외로움이 넉넉해진다 했습니다

오래 안덕에 살아
마음 스치는 사람이나 그리워하겠다 했습니다

내 심장이 붉은 것은
당신의 목소리를 만졌기 때문입니다

>

당신의 목소리가 붉은 것은
안덕을 만졌기 때문입니다

당신의 떨림과
나의 떨림 사이에
안덕이 있습니다

그리움이 따뜻해지는 곳이 있습니다.

제2부

수국

산그늘 하나 발끝에 머물다 옮겨 앉아도 울컥해지는 일인데
가슴에 앉았던 사람 옮겨 앉는 건 얼마나 울컥한 일이겠는가
그러니 그대여 마음껏 아파라
비 오는 날에 흰 수국같이
해지는 날에 보라 수국같이
얇은 겹겹
문 닫고 아파라

수국 꽃질

허맹이 문세라도 한 장 받아 둘걸 그랬습니다

바라보다 참고 바라보다 참고
그러다 보면
마음 밖에 둘 날도 있을 거다

거짓말 같은 그 말도
한 번쯤 믿어 볼걸 그랬습니다

내 슬픈 이야기의 끝이 언제나 당신인 것이
때로 따뜻하고 때로 추워서
꽃이 분홍이었다 파래지기도 합니다

수국 꽃질
분홍이 뉘엿에게 덮이는 시간

사랑이 죄가 아니면 이 세상
무엇이 더 죄이겠는가
물어도 대답 없는 꽃이
파랗게 스러집니다

저 봄

나는 아버지가 저 봄 놓으라 말하는 게 좋았다
즈붐, 저붐, 제까락이라고 한 번씩 다르게 말해도
나는 저 봄이라고 알아듣고
젓가락을 식구 수대로 밥상 위에 착착 놓았다

짝이 안 맞아 저 봄은 양은 밥상 위에서
또독 말발굽 소리를 한 번 내어야 하지만
그때마다 밥상 위에 새겨진 꽃 그림 속을
말발굽이 지나가는 것 같아서 참 좋았다

아! 저 꽃 핀 봄에
저 봄이 식구 수대로 말발굽 소리를 내면
또독 또독 또독 또독

목단인지 작약인지 모를 꽃 그림 속을
천천히 다닐 수 있어 좋았다
잊히지 않는 아버지
저 봄날에 보고 싶어 좋았다

무화과 1

무화과나무 넓은 잎사귀를 사랑하여
자주 그늘에 들면
쉬었다 가
여름 속 무화과 그늘은 깊어지고
그 깊은 어느 귀퉁이에서
볼 붉게 익는 무화과는
귀밑머리까지 익힌다

말할까
말까

마음이 조금 서성거리는 사이

열매 근처는
자그마한 초록이었다가
살금살금 붉음이 드는
그런 저녁이다

무화과 2

새들에게 파먹히고
남은 게 몇 개 없다
그마저도 내 몫은 아닌 듯하다

살아 보니 그렇더라
세상에 남의 일이란 없더라

파먹힌 저것이
내 몫이 아닌 것이
남의 일이던 것이
그 모든 게 다 내 일이더라

떨어진 무화과 주워
온전한 절반을 파먹으며

내가 감당한다

무화과 익는 냄새

푸른 저녁을 건너온 어제의 열매들
꽃받침 속으로
문 닫고 들어간다

넓적한 이파리들 돌담 울타리 가리고
돌담 아래 심어진 맥문동도 가리고
가끔 당신을 위해 울었어
그 따위 말도 가리고
꽃 숨고 나자 그늘이 꽃이 되는 시간

위 아랫집 닭들이 제각각 운다

돌담 안에 집을 짓고 오래 사는 사람
얼굴 본 적 없는데
오늘은 그 집 마당에 빨래가
아무 걱정 없이 마른다

담 너머 무화과 익는 냄새 아찔한데
자꾸만 어딘지 모르는 먼 데로 가고 싶어진다

>

곧 귓불 붉은 연애가 도착할 듯하다

봄 낭썹

낭썹은 낭과 썹이 합쳐진 말이다
낭은 나무이고 썹은 이파리를 뜻한다
그러니 낭썹은 나뭇잎이 되는 것인데
낭썹이 조금 다르게 살고 싶어져서
느닷없이 눈썹이 되는 건 아니지만
눈썹은 우리 몸에 이파리 같긴 하지

엄마 그때는 그게 참 섭섭했어
무슨 말 끝에 먹먹한 이야기 꺼내 놓으면
섭섭은 낭썹 두 개가 섭섭이라고
저 동백 꽃받침 아래 작은 잎 같은 게 섭섭이라고

누군가 머뭇거리는 마음의 결이 몇 발짝 뒤처져 걸어만
와도
내 마음은 늘 섭섭했던 것인데
그게 그저 낭썹 두 개였구나

눈 안에 들어앉은 줄 알았는데
눈썹 위에 잠시 머문

당신의 그 자리도

봄 낭썹 두 개였구나

아마릴리스

가면 간 데 마음 오면 온 데 마음이라던데

등 맞대고 붉은 채
애련히 흔들리며

차마 무슨 소식 있을까
고막이 자꾸 열린다

빛나는 새벽 별처럼 아름다운 꽃이라는
아마릴리스

그러니 저건 지상에 잘못 떨어진 별의 고막
얇고 찢어지기 쉽고 파르르 떨리는

무얼 어쩌자는 생각도 안 해 봤지만
혹여 생각의 끝도 캄캄한데

등지고 가는 마음이
저 휘돌아진 골목 끝으로 사라져
아주 안 보일 때면 심장이 물들어

\>

작은 바람에도 네 개의 귀퉁이가 동시에 흔들려
서로 흠칫해지거나 멈칫해지는

다른 방향으로 서 있어도
우리는 어쩔 수 없이 아름다워
마가리 아래 모도록한데

간 데 마음이 오지 않아

귀가 먼
귀가 먼

먼 여*

찰박찰박
큰 돌이 보였다 안 보였다 한다

먼 돌멩이인 거지 너는?

저녁이 저물다 말고 돌멩이에게 물을 먹인다
저만큼 소남머리**에서 솔향기가 난다
바람이 불어온다는 증거다

모색暮色한
어둠에 드는 바다
파란색이 검은색이 되는 테두리는
눅진하고 무겁고 차다

달빛이 파도에 너울진다
파도의 호흡 따라 내 심장이 출렁거린다

밤의 먼 여는 자꾸 나를 끌어 당긴다

백 년이 지나 천 년이 지나

자꾸자꾸 시간들이 지나 지나 지나

소남머리에서 소 울음이 들리면
재채기가 난다

찰박찰박

멀어서 먼 여라던데 그 먼 데를

송홧가루가 날아드는 봄이다

* 먼 여: 소남머리에서 떨어진 '여'라고 하여 먼 여라 부른다.
** 소남머리: 서귀포시 송산동에 위치.

칼선도리

이승의 끝이 저승의 시작이라면
여기서부터 경계가 모호해진다
모호해서 좋았다 나는

들키지 않았다

그는 서쪽으로 떠났다
푸른달이 뜨는 곳이라 했다

경계에 뜬 달은 삭과 망이었다

그는 망에 있었고 나는 삭에 있었다
내가 망에 있었고 그는 삭에 있었다

내 눈길이 머무르면 그믐이라 부르고
그대 눈길이 머무르면 초승이라 불렀다

가끔은 들리지도 보이지도 않는 경계가
선명해졌다

>

삭과 망이 많았던 큰어머니는 삭망제朔望祭를 했다

제祭가 끝날 때마다

이승은 저승 쪽으로 밀려들어 가고

저승은 이승 쪽으로 밀려들어 왔다

돌아보지 마라 경계가 경고가 되는

용궁올레 입구로

영혼 돌아오는 소리

낯선 생이 자꾸 덧씌워졌다

칼선도리라 불렀다

모호한 경계와 경고 사이 세워 놓은

바위 하나

그대 눈빛이 오래 머물다 갔다

나는 먼 삭과 망에 그대를 두고 왔다

팔운석
―고망난 돌

생각난 듯 생각난 듯
우묵사스레피가 덮이고
바람은 짐승처럼 울어
검고 둥글게 소리의 길을 파고 있다

검고 둥글게, 커피콩 같지?
커피가 자란다는 나라
에티오피아쯤
콜롬비아나 브라질 어디쯤

한 개의 색깔이 모자라
가 보지 못하는 그런 나라는
나에게 여덟 개의 구름무늬

신선들도 여덟 개의 구름무늬밖에 없어
기거할 집을 못 지었다는데

늘 아슬아슬하게 모자란 한 개가
나의 생의 중심을 치고 들어온다

\>
고망이 난 건 이쪽과 저쪽의 생의 통로

고망 사이로 기웃 하고 들여다보면 잠시 잠깐
다른 생에도 다녀올 수 있는

눈 한 번 깜빡임이
백 년일 수도 있는 그곳에서

나는 여러 세월 동안 당신을 기다릴 것이다
눈 뜨고 눈 감고
가다 보면 당도할 것 같은 곳

커피콩이 갈린 커피 앞에서
우리는 헤어지기 한 시간 전부터 이미
슬퍼졌을지도 모를

우묵사스레피 꽃이 피면 1년이 지나야 열매가 익는다

해자垓字

나에게는 해자 언니가 있었다
겨울 지난 드룻나물 같은 언니
세상의 가시로부터 나를 보호해 주던 언니

붉은 낮
붉은 밤이 지나고

어디로 갔는가
언니 언니 불러도
무섬증 돋는 적막

웃드르 어디서 보았다 하고
알동네 어디 잠깐 스쳤다 하고
입막음이 따라오는 소문의 세월
유채꽃 흐드러진 어느 봄날
낙선동 성터에 와
그만 눈물 그렁해지네

여기 있었구나
해자 언니

그게 무슨 큰 힘이 된다고
그럼에도 보태 보겠다고
쿡가시낭, 실거리낭, 탱자낭
가시 달린 것들 다 품어 안고
성벽 에두른

언니 언니
세상의 가시로부터 나를 보호해 주던

중이염

내 귀가 그냥 나을 리 없다

아플 만큼 아프고
진물이 흐를 만큼 흐르고
약을 먹고
주사를 맞고
캄캄 시간이 쌓여야 낳는 게 내 귀다

꽃이 그냥 질 리는 없다

당신이 그냥 잊힐 리는 없다

들깨소금

소금에 들깨를 섞고
참! 귀하고 고마운 것들이네
중얼거리는 사이 천천히 별은 뜨네

물떼새가 조금 마시던 바닷물로
들깨 잎말이 명나방 유충이 조금 뜯어 먹다 남은 거로
그 향기 그대로 볕에 말려 이렇게 온

마음이 가늘어져 사랑이 내 몸을 두드릴 때
내 안의 어느 쪽으로 섞여드는 그대 생각

꽃이 꽃에 얹혀 피어나는
그대에게 내가 섞여 피어나는

홍로의 맥[*]

귤이라는 도감을 펼쳐 놓고 보는
현해탄과 한라산 넘나든 이야기

에밀 타케 신부가 한라산 벚꽃을 보내고
답례로 미장온주 열네 그루를 받았다 하고

그것이
넘실넘실 백 년을 살아 모두가 끝이라더니
마지막 남은 온주 한 그루
사람들 손에 다시 살아나
서귀포 면형의 집에 흰 기도로 걸렸다는 이야기

그러니까 저건 내 아버지가
언 땅에 나무를 심고 나에게 물려준 전언

꽃 피는 봄마다 팔주령八柱鈴을 흔들며
누대에 걸친 그 말을 다시 불러 새기는

나는 과수원지기
전정하고 거름 주며 홍로의 맥을 받드는

신의 딸

붉고 푸른 저녁을 지나
붉고 푸른 아침을 맞이하는

이 생이 아니면 다음 생의 어느 날
나는 그대에게 무엇을 보내고 답례를 받아 들 것인가

언젠가
다시 돌아온다는 서귀포
세월이 익어 가는 검은 돌담 위에
모도록 모도록한 귤들을 바라보면

그랬었구나 늦은 후회도 저리 환해져서
다정도 참 병인 양**하는

* 홍로의 맥: 에밀 타케 신부가 일본에 왕벚나무를 선물로 보내고 그
  답례로 받은 귤나무 14 그루 중 마지막 남은 한 그루로 108년을 살고
  고사 후 〈홍로의 맥〉이라는 목조형물로 만들어져 서귀포시 면형의
  집에 걸려 있다 제주 밀감의 효시라 알려져 있다.
** 다정도 병인 양하여: 이조년 「이화에 월백하고」에서 차용.

제3부

돔박생이 날아가듯

동백꽃
돌담 위에
황급히 꺾어 놓고

마주 오던
좁은 올레

뒤돌아 달려간다

"오빠"
불러 볼 새도 없이

창꿈

정짓간 벽 가운데쯤
작고 네모난 구멍이 하나 있었네
그건 그저 연기가 빠져나가거나
나물 삶는 냄새 자리젓 냄새 같은
어쩔 수 없이 정짓간을 맴도는
영혼들이 나가는 통로인 줄 알았네
어쩌다 물안개 같은 빛이 그곳으로 비쳐 들면
뿌연 먼지들이 빛살 속에서 춤을 추는 걸 쳐다보곤했네
어느 날은 그 작은 구멍으로 쥐가 재빨리 나가는 걸 본
적도 있고
싸락눈이 들이치던 날 아궁이 잔불에 몸을 녹이던
들고양이가 후닥닥 튀어 달아나는 걸 본 적도 있네
정지 바닥에서 닭을 잡을 때면 그 처참한 비명이 빠져나
가던 구멍

아무도 신경 쓰지 않았던 부엌의 단추 같은 그것이
솥 덕 위에 빛을 들이기 위해 만든 창이라는 것을
더구나 창꿈이라는 번듯한 이름이 있는 줄을 알고 난 후
나는 오래 생각하네

>

그게 그러니까 마음이 있었던 거구나

그래서 봄이면 부엌 바깥에서 동백이나 장다리꽃이 구
멍으로

안을 들여다보기도 하고

비가 오면 빗방울이 눈물처럼 매달려 있었던 거구나

가만히 오래 머물다 갔구나

내 기억에서 잊힐 때까지

다음 다음 다음 토요일

우연

한 달의 끝쯤 약속의 말미를 미뤄 놓고
만나지 못해 좋았다
그리움이 쌓였다

나의 중심에서 몰래 너를 지워 내는 일은
적막하고 쓸쓸했다

담백한 듯
아무것도 아니라는 듯
가까스로 지나온 시간들

다음 다음 다음 토요일

우연한 만남에 덜컥 해 버린 약속 이후
마음의 끗겡이* 알 수 없는 아슬거림을 멈출 수 없다

다음 토요일이 자라고
다음 다음 토요일이 자라고

>
우연은
우연이 아니었을지도 모른다

속닙이 자꾸 덧나던 그 시간들은
접어 두고

어느새
흔들리는 조각달

애련 애련

저 혼자 흔들리는 조각달

* 끗겡이: 끄트머리.

점방 살림

술 흔 고뿌 도라

가게 마루에 들앉는 삼촌은
새벽에는 장닭 소리로
해넘이엔 개 짖는 소리로
재재거리다 돌아가곤 했다

쉴 새 없이 떠드는 소리들 속에
간간
순옥이나 미희 같은 이름이 어렴풋 들릴 때면
그게 누구를 불러 대는 것인지 도무지 알 수 없었지만

오월이면 어디선가
몽환적인 흰 넝쿨장미 꽃을
날마다 꺾어 오곤 해
나는 그걸
빈 사이다 병에 꼽고 삼촌이 마셔 대는
술 흔 고뿌 옆에 놓아 주기도 했다

그때마다 흔 고뿌 술이 세 고뿌가 되고

흰 장미꽃은 처량하리만치 더 환하게 피었던 것인데
가난한 점방에 됫병 술 맡겨 두고
오며 가며 잔술 마실 때면
낯모르는 순옥이나 미희가 따라와

그게 그러니까 참 어이없게도 흰 넝쿨장미 담장을 두른
그 집 홀어멍 이름인 걸 뒤늦게 알았지만
어쩌랴 이제 그들은 다 가고 없어

흩어지는 흰 장미 꽃잎이나 주으며
그리움의 별은 챙챙 뜨고
애타는 사나이 순정을 점방 마루에 앉아 붉게 들던
철없는 나만 동그마니 남았으니

뜻 모를 슬픔이여
내용 없는 아름다움이여* 술 흔 고뿌에 젖어 젖어라
이 밤사 비도 속절없이 내리는데
술 세 고뿌에 울어 울어라

* 내용 없는 아름다움이여: 김종삼 「북 치는 소년」 중에서.

별 지는 밤

넌
나의 스테파네트야
잊지 마

나는 기억하고
그는 잊어버리고

두모악 도체비꼿

헛되이 꼿이나 피워 놓았습니다

어스름 너머 푸른 별이
그대의 안부로 저물어 갑니다

기다리면 오지 않는 게 기다림일까요

꼿이나 몇 송이 피워 놓고
그 저녁을 걸으면
기다림은 내 심장의 빛깔이 되어 갑니다

두모악이라 했습니다

그대의 영혼이
그곳을 넘어갈 때
미처 못 따라간 별 하나가
산막 둘러 고즈넉이 핍니다

백화등은 솜빡 피고

떠난 사람의 여린 발목이 그리워질 때면 저 꽃이 온다네
그가 걸어간 천 년의 건널목
절벽을 움켜쥔 꽃들이 흰 풍등을 올리면
마음이 먼저 따라가는 저물녘

소리 없는 바람개비에 향기 실어 보내며
몇 번이나 생을 건너야
그 고요에 닿을 수 있는 건지
내가 올린 풍등은 어느 날에 푸른 달의 심장이 되어 떠
오르는 건지

피지 마라! 꽃 따위로는
그 말 들어주지 못한 후회로
백화등은 솜빡 피고
피어서 그대를 닿을 수 없어져 버리고
바람이 불어오는 쪽으로만 몸을 기울이는 허공

사무친 것들이 있어서
열린 꽃 문으로 향기 몇 동이
퍼붓는 것이니

\>

사랑이여

희게 오는 사랑이여

그만 건너 오시라

봄밤은 짧으니

외방外方

뒤꼍에
감잎 그림자

작은방 할머니가 큰방 할머니를 부른다

언니
언니이

목이 쉬는 감또개

큰 창고 옆집

큰 창고가 작은 창고로 보이는 것은 나이가 들었기 때문이지
큰 집이 작은 집으로 보이는 것은 나이가 들었기 때문이지
큰 길이 작은 길로 보이는 것은 역시 내가 나이가 들었기
때문이지

그러니 그대 걱정 마라
나이가 들면 당신의 상처 또 얼마나 작아지겠는가

큰 창고 옆집에 살던 그대는 또 얼마나 작아지겠는가
잊히겠는가

칠 벗겨진 창고, 창고 문
흔들리는 옆집, 옆집 문

덜컥 걸린 울컥

꽃 지어 여미어 올라오는 씨앗들 위에
아슴아슴 몇 송이 남아서
그날의 작은 머리핀 같은
손톱 같은, 미소 같은
플레어스커트 같은 것들이
기억 속에만 남아서

너라는 한없는 마음 앞에 그만

한오백년

이가 아픈 어머니 어디선가 얻어들은 치료법으로
소주 한 모금 머금었다 뱉어 내기를 한나절

그 옆에서 눈치만 보던 아버지

쇠막에 거름 내다 한 잔
짚 깔아 주다 두 잔
낮술에 들어

바야흐로 무주공산 꽃나무 아래
나른나른 치통이 넘어가는데

2절인지 3절인지 섞어 부르는
한오백년이 따라서 넘어가는데

가녁

저물녘이나 서녘 같은 말은 조금쯤 가녁에 등을 기대인 말

어스름 녘이나 샐녘처럼
내가 선 자리는
중심을 벗어난 어떤 무렵들의 근처

어느 날 저녁이 스며드는 냄새거나
아슴한 봄날 쪽으로 물드는 제비꽃색
새벽 두 시쯤 보는 별자리들
덧대어 쓴 글씨 같은
중심에서 조금 물러선 것들이
근처에서 근처에게로
천천히 섞이는 시간들

이녁이 알아서 하지
그런 말들은 가녁에서 멀리 떠나와
자주 습곡이 생기고 절리가 생기는 말

그 아득한 옛날에도
이녁이 밀려오면

마음의 벼랑이 깊게 파여 툭 툭 돌멩이나 던져 보는 것인데
따닥 따닥 부딪는
캄 캄 내려가는 돌멩이
이녁에서 도망 나오는 소리

따닥 따닥 슬리퍼 끌고
동네 한 바퀴 돌며 열을 식히는 어머니는
으남비 좀 맞고
밤마실 좀 다니고

집 앞 칸델라 불빛 가로등 아래 서성 서성 섞이는
아버지의 먼 이녁은

막연히

흰빛
둥둥
어화로 피어서

어디 있는
네 생각
색이 깊은

소식 안 오는 쪽

조금 남은
귤꽃이
마저 졌다

제4부

풋감

풋의 시절이 없다면
감은 익을 수가 없는 거야

풋은 참
발랄하고
고통스럽고
침묵하지

풋풋거리다 감이 되어 가는 시간들

오래 귀막쟁이였다가
오래 말모레기였다가

마음 밖에 두었다
마음 안에 두었다

그렇지 풋사랑

기다림은 그대 쪽으로 간다

별 뜨면
별 헤는 일

꽃 피면
꽃 헤는 일

내가 하는
저릿한 일들

도저히 끝날 것 같지 않은
이 기약 없는

무화과나무 넓은 잎사귀를 사랑하여
자주 그늘에 들면

쉬었다 가

무화과 그늘은 깊어지고
그 깊은 어느 귀퉁이

>

조금조금 익는 무화과는
조용히 귀밑머리까지 익혀

자그마해졌다가 생각난 듯 커져 가는
그런 저녁들

쉬었다 가도 가는
기다림은 그대 쪽으로 간다

산지천 돌생기 ᄒ나

한라산 어디서부터 물결에 같이 굴러왔으리라
내 손에 들린 돌생기 ᄒ나
무심코 툭 던지니 동그란 파문
저쪽 편에 있던
그날 그 아이 손등에 가 닿았으려나
마음에 가 닿았으려나
이불 빨래 하느라 말아 올린 주름치마
물방울이 튀어 얼룩무늬 자국을 남겼던
그 아이 나를 보고 웃었던
귀퉁이 부서진 조개껍데기 같은 것들이
깨어진 병 조각 같은 것들이 내 발 아래
물의 이빨로 반짝이던 그날
급하게 잡아 내린 치마가 물속에 다 젖어 들던
내가 집어던진 자그마한 돌생기
홍예교 아래로 물수제비 날리는
산짓물 아래 다시 돌아온
은어 비늘로 반짝이는

100

느렁테

왔나 싶어 문밖 보면 눈발 한 줌
왔나 싶어 문밖 보면 찬비 한 줌

쇠막에 든 밧갈쇠
하얀 하품질

어머니 괭이잠 느렁테로 가고
꽃은 참 느렁테로 오고

물 항

시집와서 보니 깨어진 항 두 개밖에 없는 집이었다고
가난이란 말조차 쓸어 담을 온전한 자루가 없어서
터진 고망으로 다 줄줄 새 나가더라고
정짓간에 새 항을 들여놓고
물 길어다 채울 때마다 촬촬촬 떨어지는 물소리가
그리 배가 부르고 좋더라고

살암시민 또 그렇게 살아지는 거여서
물 항이 물통으로 바뀌고 물통이 수도로 바뀌고
가끔은 수도에서 쏟아지는 물이 하도 고마워서
오래도록 몸도 씻게 된다고

정짓간에서 귤나무 아래로
물 항에서 촘항으로 자리가 바뀌었지만
비 오는 날 항 안을 들여다보면
항 바닥에 떨어져 쌓였던 귤꽃도
송홧가루도 개구리 알마저 가득 떠올라
궂은비에 다 젖는다는 어머니의 물항라 치마저고리가
둥둥 북소리로 가득 떠올라
하늘도 담고 달도 담고 내 그리움도 다 담아 놓고

물항아 너는 또 어느 돌가마터에서 뜨겁게 구워지고 있
느냐

마음 밖

덜 익은 감에 사과를 넣고
덜 익은 키위에 사과를 넣고

사과는 붉은 심장을 조금씩 나누어 주네

떫지 마라
시지 마라

심장이 옮아가며 말을 하네

놔둬
놔두면 익어

그를 잊는 동안 오래 늙었다

자리구이

굴꽃이 절정이면 어느 집이든 자리구이 냄새가 나지
좁쌀 한 됫박과 맞바꾼 자리 한 됫박
솔솔 뿌린 왕소금도 노릇이 구워지는 봄밤의 비늘
혀 붉은 고냉이도 바싹 다가와 조춤 앉게 하는

셀프 빨래방

너무 많은 밤의 기억을 가진 이불들이거나
그날 그래 그날 입었던 옷이거나
그 위로 거품이 쏟아진다

밖으로 뱉어지지 못하는 것들이
가슴속 뚜껑 안에 갇혀 사나워진다

닫히면 열지 못하는 문
먼 네가 그랬던 것처럼
늘 건너편이었던 것처럼

이해하느라 지친 생각들이
무수해져서
그만 놓아 보내 준 시간들

문이 열리고 빨래를 꺼내다가
코트 주머니 속에서 찾은
오래된 사진 한 장
세탁기 속에서 다 쓸려
철렁하고 글썽하게 하는

>

그래서 아팠구나

이 빨래터까지 와서

내가 마께*로 흠씬 맞은 듯 주저앉게 하는

너의 눈빛은 여전히 그날이어서

* 마께: 빨랫방망이.

그리운 금능

아무것도 아닌 것이 아닌 마을에 간다

고흐의 그림 속 반짝이는 별들은 다 이곳에 있었구나
생각을 하는 사이 모르는 사람이 반짝 지나간다

불칙이
옛날에는 광명등을 켜는 사람을 그리 불렀다는데
그 불칙이가 되어 반짝 바다에 불을 켜면
옛날에 옛날에부터 그대 마음 안쪽까지 들어갈 수 있었
을까?

금능에 사는 그가
발개진 얼굴로 달려와 양배추를 심느라 늦었어요 말한다
촘촘하게 풍겨 오는 야생 양배추 냄새

양배추는 지중해 동부와 서아시아에서 살던 식물인데
그에게서 지중해 어느 작은 마을 바다가 출렁거린다
금능이 출렁거린다

보름이어도 그믐이어도

돌담에 얹히는 나직한 바람

어느 집 마당에선 브로콜리 꽃도 필 것이다
저물고 있는 이 저녁에는

봉지가* 1

오롬 위에 벨이 잘도 빛나는 밤

봉지가 진다
봉지가 진다
봄철 낭에서 봉지가 진다

너는 어디서 날아오는 것이냐
나비, 나비야

지난겨울 가늣해진
어머니 손목
이제 물 오르니

하루 걸러 하루 비
어제는 가루비

들판에 고사리 그새 다 컸다

풀 돋잇 마* 끝나면
둥근 금감꽃 또 오겠거니

>

설해雪海개*** 너머

둥그데 당실

봉지가 진다

* 〈봉지가〉: 제주 성읍 지역의 민요. 1981년 김영돈 채록.

** 풀 돋잇 마: 봄 장마.

*** 설해개: 눈 바다.

봉지가 2

너를 두언 오름에 놀레 갓단
너의 생각 간절ᄒ연
부더지멍 돌아왓져
나 ᄉ랑이 분명코나*

작은 은빛 송어 한 마리인지도 모른다
뒤란 대밭에 스악거리는 바람일지도 모른다
그것도 아니면
방금 낳은 달걀의 따뜻한 온기일지도 모른다

뭐가 됐든 뭐였든 수묵빛을 연보라로 만들었다

먼 생으로부터 봄이 도착하고 있는 여기

봉지 가지니
어디 있는 네 생각
그 다정함의 한쪽

우리가 좀 울어도 되는 자리
목이 가늘한 꽃닙 꽃닙

>
이생도 환해지고
전생도 환해지는

너 있는 쪽으로 나를 밀어 넣으니
사람 하나 기다려 보는 일

나 스랑이 분명코나

* 나 스랑이 분명코나: 나 사랑이 분명하구나.

봉지가 3

누구든 눈물로 보내는 이 한 사람쯤 있어
생각나면 아무 데서고
눈물 솜빡해지는 사람이 있어
주문처럼 외워 보는

삼수갑산 험악한 길에
발벵웃이 편안히 가오*

가다가 가시자왈 들찔레 있거든
가시는 밟지 말고 꽃닙만 밟고 가오

봄이 나리니

부디 안녕하시라
내가 그 곁에 갈 때까지

봄, 여름, 가을, 겨울
때맞춰 봉지는 피었다 지고

여전히 색색色色 어여쁜데

당신은 어느 곳에 족적을 남겼을까

찔레꽃머리
쇠리쇠리하야**
봄은 나리는데
봄은 나리는데

* 발벵웃이 편안히 가오: 발병 없이 편안히 가오.
** 쇠리쇠리하야: 백석 「바다」에서 인용.

봉지가 4

씨실 엮으면 날줄 엮이듯
그대 옆에 나를 엮으니

엥헤가 논다 엥헤가 논다
청포장 속에서 엥헤가 논다

푸른 빛깔의 천을 두르고
어디만큼 오시는가 약속하지 않은 이여

꿈결이듯 스치는 바람

보이듯 안 보이듯
청포 속에 핀 꼿이

하마하마 떨어질까 걱정 돋으니

핀 꼿 위에
진 꼿이 보이고

진 꼿 위에 다시

핀 꽃이 보이는

청포장에 엥헤가 노니
둘 붉은 밤 봉지가 봄철에 진다

해 설

자리구이 냄새가 나는 제주의 밤

김재홍(시인, 문학평론가)

먼저 이 비범한 시집이 담고 있는 제주의 바다와 포구와 바람과 나무와 꽃들에게 감사를 표한다. 또한 제주를 통해 삶의 터전에 대한 사랑과 사람살이의 문리를 일깨워 준 강영란 시인과 제주의 표정들에 경의를 표한다. 제주를 사랑한 사람도 많았고 제주 사람을 사랑한 사람도 많았으나, 이토록 넓고 깊고 섬세한 제주 사랑을 이끌어 낸 시인을 본 적이 없다.

"보이는 것을 희망하는 것은 희망이 아"(로마서 8:24)니므로, 보이지 않는 시심의 내력을 읽어 내는 것이 해설解說에 부합하는 해설일 터이다. 그것이 세상의 끝에서 세상을 향해 세상은 무엇이라고, 무엇이어야 한다고 노래하는 강영란식 세상 읽기의 여정을 함께하는 길이리라. 그러므로 시편들이 다루고 있는 대상에 주목하는 것이 아니라, 대상을 응시하는 시인의 내면을 따라가야 한다. 그녀는 무엇에서, 무엇을 기쳐, 무엇을 찾아낸 것인가.

강영란의 이번 시집에는 쉬지 않고 일렁이는 물결이 있고, 물길을 만들며 몸을 곧추세운 여가 있으며, 포구와 고사리와 물썹과 야곡夜曲이 있다. 구두미, 서귀포, 무릉리, 공새미, 월평, 표선, 망장포, 칼선도리, 두모악이 있다. 기다림이 있고 눈물이 있고 풋사랑이 있다. 이것들을 두고는 제주만의 표정이라고 말할 수는 없으려니와 새로운 시적 표현의 높은 성취라고 말할 수도 없겠다.

하지만 편편들이 서로를 껴안고 안팎으로 주름지고 펼쳐지는 파노라마는 강영란의 이번 시집을 제주 찬가이자 교향시로 부르게 만든다. 그러니까 '드러난 것'보다 더 많은 것이 그것들 뒤에서, 옆에서, 틈서리마다 나타나는 것이다. 보이는 것만 아니라 보이지 않는 것에서, 찬가의 노랫말과 교향시의 음률이 드러난다.

제주 찬가

"자목련 같은 밤이 든다"고 말하는 강영란 시의 특질은 낭만성에 있다. 낭만은 값싼 눈물이 아니며, 천재적 영혼의 고고한 외침도 아니다. 낭만은 "섶섬 앞 찻집에 앉아 대화를 나누는"(「구두미포구」) 사람들을 가만히 바라보는 '섬'의 일상 속에 있다. 사랑이니 기쁨이니 행복이니 하는 '바라는 것들'과 고통이니 이별이니 슬픔이니 하는 '바라지 않는 것들'이 서로를 꽉 껴안고 있는 세계의 모순적 현실이 낭만의 연원이다.

강영란의 시편들에는 실로 무수한 제주의 표정들이 드러나 있고, 그보다 훨씬 많은 내면 풍경이 주름져 있다. 그녀의 낭만성은 모순적 현실을 역설적 표현으로 갈무리하는 시적 경영을 통해 구현된다. 슬픔도 슬픔만은 아니며, 기쁨도 기쁨만은 아니다. 한 생을 살아가는 사람이라면 누구나 이를 곧 알아채지만, 그 우발적인 이중성을 그것대로 드러낼 줄 아는 사람은 많지 않다.

> 귤꽃이 절정이면 어느 집이든 자리구이 냄새가 나지
> 좁쌀 한 됫박과 맞바꾼 자리 한 됫박
> 솔솔 뿌린 왕소금도 노릇이 구워지는 봄밤의 비늘
> 혀 붉은 고냉이도 바싹 다가와 조촘 앉게 하는
>
> —「자리구이」 전문

어떤가. 왕소금 타닥타닥 튀어 오르는 숯불 위에서 몸을 비트는 자리의 반짝이는 비늘이 보이는가. 그 옆에 붉은 혀로 입술을 닦으며 조촘 앉는 '고냉이'가 보이는가. 때는 봄이다. 귤꽃이 절정으로 타오르는(!) 시간이다. 자리를 굽는 불길의 붉은빛과 귤꽃의 흰색이 엇갈리면서 어울린다. 생명의 약동을 표상하는 흰 귤꽃을 배경으로 자리는 비루한

인간들에게 온몸을 내어 주고 있다.

그런데 자리는 좁쌀 한 됫박과 맞바꾼 먹거리다. 좁쌀로
인해 한 집안의 내력을 알 수 있고, 한 마을의 풍경을 추정
할 수 있으며, 마침내 제주의 한 시대를 읽어 낼 수 있다. 또
한 자리를 열망하는 사람들의 내면에 드리워진 간절함의 깊
이를 깨달을 수 있다. 자리는 먹거리만이 아니라 하나의 상
징이다. 생멸하는 거대한 운명의 순환을 상징하는 하나의
고리이다. 그것은 귤꽃-자리, 좁쌀-자리, 왕소금-봄밤,
붉은 혀-고냉이의 연쇄와 이것들을 하나로 묶는 운명이다.

복숭아는 가려워서
분홍은 가려워서

당신이
무릉리라 말을 할 때도
그게 도원桃原과 무슨 상관이라고
저만큼 떨어져 듣는

분홍은 어디를 좀 갔다 와도
데면데면한 색
한참 있다 생각난 듯 돌아봐도
가만히 있는 색
왜 그런지 알지도 못하면서
그래! 괜찮아 나를 위로하는 색

버스 정거장에 앉아
나의 사랑을 까마득히 모르는
분홍은…… 그러니까
이제 지쳐 버린 사랑 같은 무릉리는

떠나지도 못하게 하고
떠났다가 다시 돌아오게 하고
돌아와서 옛 분홍을 가려워하게 하는

그 버스 정거장에 앉아
백 년이 지난다 해도
그래! 괜찮아 위로하는
네 옆에 무릉리

—「무릉리」 전문

　여기에 "이제 지쳐 버린 사랑 같은 무릉리"가 있다. 무릉은 도원桃源이 아니지만 분홍색이며, 데면데면한 색이자 지쳐 버린 색이다. 그리고 무엇보다 내 옆에 있는 무릉이다. 강영란은 무릉을 탐하지 않는다. 별세계를 추구하지도 않으며 초월을 꿈꾸지도 않는다. 그녀는 버스 정거장에 앉아 자신 곁에 있는 무릉리를 오마주할 뿐이다. '저곳'이 아니라 '지금—여기'를 나의 터전으로 인식한 데서 질박한 제주 사랑의 향취가 피어오른다.
　"백 년이 지난다 해도/ 그래! 괜찮아 위로하는/ 네 옆에 무릉리". 이 세 행이 곧 강영란식 제주 찬가이자 그녀의 세상 읽기이다. 강영란의 찬가는 타자화된 대상에 대한 경외가 아니다. 나를 압도하는 높이, 내가 따라갈 수 없는 넓이를 찬미하는 게 아니라 내 곁에서 나와 함께하는 '또 다른나'를 찬양하는 것이다. '나를 위로하는 무릉리를, 나는 다시 사랑할 수밖에 없는 것'이다.

강영란의 이번 시집을 제주 찬가로 부를 수 있는 이유는 이밖에도 많다. 실로 무수한 제주가 시화되어 있다. 구두미, 무릉리, 서귀포, 공새미, 월평, 표선만이 아니라 막숙개, 펫돌, 찔레꽃, 아마나스, 오각돌, 수국, 무화과, 팔운석, 낭썹, 도체비꽃까지 크고 작은 제주의 물상들이 등장하고 쓸쓸함과 슬픔과 기다림과 한스러움이 스며들어 있다. 외적 표상과 내적 심상이 모두 제주를 향해 머리를 숙이고 있다. 그럼에도 이를 비가나 레퀴엠으로 부를 수 없는 것은 그녀가 일관되게 지향하는 동일화(identification)의 정조 때문이다.

강영란의 제주 사랑 혹은 세계 인식은 결코 부정적이지 않으며 염세적이지도 않다. 그녀는 제주를 통해 제주와 함께 세계를 자신과 동일화한다. 그러므로 강영란의 시적 공간은 수직적이지 않고 수평적이다. 그리고 그 수평선은 원근법을 필요로 하지 않는 근접한 세계, 미시 세계이다.

'풋감'과 '물 항' 사이

사이는 비어 있다. 사이는 고립된 원자들의 외로운 거처인 듯 텅 비어 있다. 현대의 물리학은 원자론에 대한 신뢰를 접은 지 오래되었지만, 인간은 언제나 '비어 있음'을 인식하며 그것에 무언가를 채우려는 열망을 품고 살아간다. 다시 말해 사이는 과학적 세계가 아니라 인간적 세계의 표상이다. 강영란의 수평적 세계가 동일화에 근거하고 있다는 말은, 그녀가 사이 혹은 비어 있음을 제거하기 위해 시종 자신을 투신하고 있다는 말이기도 하다.

그렇기에 강영란의 시적 공간은 근접 세계이자 미시 세계일 수밖에 없다. 사이가 제거된다는 것은 빈틈이 없다는 말인 것이다. 그것이 바로 동일화이며, 동화(assimilation)이다. 서정시는 이원론적 대상들과 만나는 게 아니라 '주체 : 대상'이 무화된 일원론적 세계에 기거한다. 여기에는 대칭도 없고 대립도 없다. 오직 하나 일인칭의 주인공만이 등장한다. 1인극 혹은 팬터마임이다.

그런 점에서 강영란의 근접 세계는 미시적이기만 한 게 아니라 하나의 거대한 우주적 영역을 포괄한다. 서정시의 범위는 온 세계를 포함하고 있어 굳이 세계를 향한 창을 낼 필요가 없는 모나드(라이프니츠)와 같다.

풋의 시절이 없다면
감은 익을 수가 없는 거야

풋은 참

발랄하고

고통스럽고

침묵하지

풋풋거리다 감이 되어 가는 시간들

오래 귀막쟁이였다가

오래 말모레기였다가

마음 밖에 두었다

마음 안에 두었다

그렇지 풋사랑

—「풋감」 전문

 시인은 지금 '풋감'을 보고 있다. 농익은 홍시가 아니라 '처음' 혹은 '덜 익은' 풋풋한 감을 표현하고 있다. '풋'이라는 접두어 하나가 주는 강렬한 어기語氣에 모든 것이 들어 있다. '풋'한 것들은 발랄하고 고통스럽고 침묵한다. '풋'한 것들은 귀막쟁이도 될 수 있고 말모레기도 될 수 있다. 그러니 시인은 '풋감'을 마음 안에도 밖에도 두는 것이다.

 '풋'은 시간을 표상한다. '풋감'은 공간 속에 놓여 있으나, '풋'은 시인의 시간 감각과 함께, 모든 가능성과 함께 열려 있다. 그러므로 '풋사랑'이란 한때의 사랑으로 소급되는 옹졸한 추억이 아니라 모든 가능성을 향해 문을 활짝 열어젖히는 영원한 사랑이 된다. 강영란은 '풋'한 감을 통해 무한한 시공간 속에 '풋'사랑을 펼쳐 보이고 있다.

　그리고 '물 항'이 있다. '깨어진' 두 개의 물 항이다.

　　시집와서 보니 깨어진 항 두 개밖에 없는 집이었다고
　　가난이란 말조차 쓸어 담을 온전한 자루가 없어서
　　터진 고망으로 다 줄줄 새 나가더라고
　　정짓간에 새 항을 들여놓고
　　물 길어다 채울 때마다 촬촬촬 떨어지는 물소리가
　　그리 배가 부르고 좋더라고

　　살암시민 또 그렇게 살아지는 거여서
　　물 항이 물통으로 바뀌고 물통이 수도로 바뀌고
　　가끔은 수도에서 쏟아지는 물이 하도 고마워서
　　오래도록 몸도 씻게 된다고

　　정짓간에서 귤나무 아래로
　　물 항에서 촘항으로 자리가 바뀌었지만
　　비 오는 날 항 안을 들여다보면
　　항 바닥에 떨어져 쌓였던 귤꽃도
　　송홧가루도 개구리 알마저 가득 떠올라
　　궂은비에 다 젖는다는 어머니의 물항라 치마저고리가

둥둥 북소리로 가득 떠올라

하늘도 담고 달도 담고 내 그리움도 다 담아 놓고

물항아 너는 또 어느 돌가마더에서 뜨겁게 구워지고 있느냐

—「물 항」 전문

    다른 작품들과 구별되는 리얼리즘적 기율 속에서 「물 항」
은 한 여성의 삶터를 입체적으로 재구하고 있다. 가난이란
말조차 쓸어 담을 수 없는 '자루도 없는 집'에 시집을 와서
'그놈의' 가난이란 말조차 터진 '고망'으로 줄줄 새어 나가는
생활이었다. 가난하지만 그 가난을 생각할 여유마저 없는
절체절명의 상황이었다. 그러한 시간이 흘러 이제 어머니
는 둥둥 북소리로 떠오르는 '물항라' 치마저고리로 남았다.
회한의 깊이가 천만 길이다.

    시간적 표상으로서의 '풋감'과 시대적 표상으로서의 깨진
'물 항' 사이는 비어 있다. 그러나 심도를 알 수 없는 어둠이
거나 허공과 같은 '사이'는 셀 수 없는 무한한 가능성들과 기
억들이 갈마들면서 결코 비울 수 없는 주름들로 가득 차 있
다. 마치 제주 전체를 한 권의 시집에 담으려는 듯 거대한
파노라마가 흘러나온다.

    "백 년이 지나 천 년이 지나/ 자꾸자꾸 시간들이 지나 지
나 지나"(「먼 여」)가듯이, 또는 "언니 언니 불러도/ 무섬증 돋
는 적막"(「해자垓子」)과 같이 강영란의 이번 시집은 사이(비어
있음)와 가득 참의 경계를 허물며, 제재와 주제의 경계를 무
너뜨리며 거대한 근접 세계(미시 세계)를 이룩해 내고 있다.

바다, 그리고 교향시

그러므로 자리구이 냄새가 나는 밤은 제주 찬가의 집필실이자 교향시의 연주 공간이다. 바다가 쉬지 않고 밀려왔다 밀려가면서 같은 듯 다른 운동을 보여 주듯 이번 시집에 담겨 있는 제주 바다와 포구와 바람과 나무와 꽃들은 음색과 음조를 달리하면서도 하나의 커다란 대편성 교향시로 상승한다.

일일이 열거할 수 없는 수많은 제주의 풍경들이 강영란의 시편들을 통해 세상에 태어났다. 거의 전편에 등장하는 포구와 꽃과 나무와 풀과 바람이 제주 사람의 향기를 느끼게 하며, 그럼으로써 결국 '사람의 향기'를 내보이고 있다. 그것은 세상을 이해하고자 하는 강영란식 세상 읽기의 시적 여정이다. 가령 '월평포구'는 무엇이며, '아마릴리스'는 무엇인가. 여기에 보이는 것이 제주 사람의 향기이자 세상 읽기의 결과라는 사실을 부인할 수는 없을 터이다. 그것은 동시에 동시대를 살아가는 우리의 향기이자 삶이기도 하다.

산수국색으로 어둠이 온다
포구에 묶인 두어 척 배들이 꽃 속으로 잠겨 든다

산수국은 헛꽃이 핀대

누가 얘기하지 않아도 물 위에 뜬 달은

헛달임을 눈치챘다

너는 자꾸 너울거렸다
심연 깊었다

기억이 아픈 시간
얼마나 많은 산수국이 지고 나야 너울거림이 멈출까

없는 것이 보였다
환시라 했다
없는 것이 들렸다
환청이라 했다

돌아갈 곳이 길들여지지 않는다
마음이 자꾸 차고 기울었다

주상절리
오를 수 없는 단애가 세워진다

여기는
내가 조금 울어도 되는 곳

가만히 왔다 가만히 가는
달, 문이 잠겼다

—「월평포구」 전문

곳곳에 감각적인 시행들이 포진한 가운데 '월평포구'는 실재와 허상 사이를 질주한다. 어둠은 산수국색이며, 바닷속의 달은 헛달이다. 이들은 너울거리며 '있는 것'과 '없는 것'을 가로지른다. 그렇다고 환상의 공간은 아니며 실상의 공간도 아니다. 그리하여 시적 화자는 "여기는/ 내가 조금 울어도 되는 곳"이라는 파열음을 내지를 수 있었다. 그렇다, 모든 것은 "가만히 왔다 가만히 가는" 것이다.

이러한 시정을 '제주'의 일로 특수화시키지 말아야 한다. '월평포구'는 곧 포구만 아니라 산일 수도 있고 들일 수도 있다. 사람이 살아가는 공간이라면 어디든 포구가 될 수 있는 시적 변주가 이 작품을 보편성의 차원으로 끌어올리고 있다. 또한 '월평포구'가 딛고 있는 땅이 제주임을 기억해야 하는 것은 물론이다. 그러니까 여기서도 강영란의 시적 경영은 '사이'를 통섭한다. 또한,

가면 간 데 마음 오면 온 데 마음이라던데

등 맞대고 붉은 채
애련히 흔들리며

차마 무슨 소식 있을까
고막이 자꾸 열린다

빛나는 새벽 별처럼 아름다운 꽃이라는

아마릴리스

그러니 저건 지상에 잘못 떨어진 별의 고막
얇고 찢어지기 쉽고 파르르 떨리는

무얼 어쩌자는 생각도 안 해 봤지만
혹여 생각의 끝도 캄캄한데

등지고 가는 마음이
저 휘돌아진 골목 끝으로 사라져
아주 안 보일 때면 심장이 물들어

작은 바람에도 네 개의 귀퉁이가 동시에 흔들려
서로 흠칫해지거나 멈칫해지는

다른 방향으로 서 있어도
우리는 어쩔 수 없이 아름다워
마가리 아래 모도록한데

간 데 마음이 오지 않아

귀가 먼
귀가 먼

—「아마릴리스」 전문

아마릴리스Amaryllis는 "빛나는 새벽 별처럼 아름다운 꽃"이다. 크고 화려한 붉은 꽃잎은 어디에 있어도 눈에 띤다. 그것은 "잘못 떨어진 별의 고막"이기도 하다. 어떤 소식이 있어 아마릴리스가 지상에 내려왔는가. 시인은 무엇을 듣고자 아마릴리스를 주목했는가. 차라리 듣고 싶지 않다. 알고 싶지 않다. 소리가 전달하는 의미를 잊어버리고 싶다. 세상은 그런 것이다.

여기서도 '사이'다. 천상과 지상 사이, 아마릴리스와 시적 화자 사이, 소리와 고막 사이……. "모든 경계에는 꽃이 핀다"(함민복)고 했지만, 강영란은 아예 그 경계를 지우고 있다. 물상들의 경계가 사라진 곳이야말로 제주의 풍경이며 시인의 내면이다. 만일 이번 시집에 포함된 수많은 제주의 표정들이 일원론적 귀의처를 찾는다면 그것은 분명 '사이'일 터이다.

강영란 시의 낭만성은 수직의 체계가 아니라 수평적 세계이며, 그것은 만화경과 같은 제주의 물상을 지근에서 포착한 근접 세계(미시 세계)이자 '사이'를 주유하는 시공이다. 동시에 찬가이자 교향시이다. 그렇다면 우리는 다시 이 예민한 시적 주체가 밀고 나가는 '주름진' 하나의 세계를 계속 지켜볼 일이다. "보이는 것을 희망하는 것은 희망이 아"니므로…….